달을 굽다

달을 굽다

김기리 시집

불교문예

이번 시집의 수록작들은 시간의 간격이 꽤 아득하다.

1부는 근작들이고, 2~4부는 훨씬 전날에 씌어진 작품들이다.

시를 만나지 못했다면 나는 어찌 되었을까. 어찌 견디었을까.

시는 나의 몸이었고, 숨길이었고, 거울이었다.

기뻤지만 감추었고, 슬펐지만 아름다웠고, 아팠지만 그리웠던… 인연들.

지금도 한없이 그립고 그립다.

어미의 인생길을 꽃길로 만들어준 내 보배 다섯 남매와 형제자매, 일가친척, 벗님들께 고마움을 전한다.

천지만물 대자연, 세상 모든 존재들에게도 지극한 마음으로 두 손 모은다.

2021년 지는 노을에 물든 가을날

김기리

|차례|

■ 시인의 말

제1부 ——————

제2부

제3부

제4부

**** 제1부

꽃의 기둥

꽃들이 시들하게 목 꺾고 있는 여름날, 화단에
물을 뿌리면 금세 빳빳한 목을 가누는 꽃 모가지들

식물의 기둥은 물줄기인 것이다

꽃 꺾어보면 꼭 굵은 철근 하나씩 들어있을 것
같은 여름날 꽃밭에 들어 흠뻑 물 받아먹어 보았
으면 싶다 시들해진 몸에 시원한 물줄기 넣었으
면 싶다

흐르기만 하고
스며들기만 하고
엎질러지기만 하는
물이
다름 아닌, 세상의 기둥들이었다는 것

흔들흔들 흔들리는 기둥 하나 갖고 싶다 하늘
끝까지 솟아오른 물기둥 한 개

주소

가람을 만날 때마다 기와 불사를 했다
이름과 주소를 그때마다 적었다
그 기와를 지붕 삼아 속세를 옮겨 다녔다
그러던 중 문득,
부처의 주소가 궁금해졌다

큰스님 친견했던 마음들마다
염화미소라는 주소가 있었다
그럼에도 번뇌라는 먼지 위에다
서슴없이 매번 기와를 얹었다

잘 생기거나 못 생기거나 형용할 수 없는
조악한 돌 속에서라도
삭막한 그 어느 허름한 곳에서라도
부처는 항상 자리하고 계셨다

만나지는 절집마다 기와 상판에 주소를 적고

다소곳한 마음이 간절하게 부처를 불러 모신다
산속 마애불이거나 노천 불상이거나 막론하고
눈앞에 나타나는 모든 불상은
경배의 대상으로 다가오는 것이니
나는 툭탁거리는 무릎으로 두 손 합장 절을 올
린다

세상천지에 부처 아니 계신 곳 없다는
말씀, 수도 없이 들었지만
도무지 부처 계신 곳 찾을 길 없어
내 몸 한복판에 부처를 모시고
오늘도 부처의 주소를
방방곡곡 찾아 헤매고 있는 것이다

달을 굽다

보름달이 구우면 반달이 된다
반달 안에는 고소한 깨밭도 들어 있다
추석에 솟아오른 둥그런 달
옛날 아이들 간식으로 아끼고 아꼈던 반달

구리석쇠에 뭉근히 달을 굽는다
이쪽저쪽 뒤집는 긴 쇠 집게의 품이 뜨겁다
달 아래쪽이 익으면
달콤한 깨밭이 뜨거워서 부풀어 오른다

노릇하게 익은 반달, 시할머님께서는 명절이
면 어김없이 멥쌀 쑥떡을 만들라 하시어 커다란
나무함지박에 그들먹하게 담아 놓으시고는 새우
젓장수할아범, 생선장수총각, 담양대바구니할멈,
체장수아짐, 각설이패들, 대문 문턱을 오르내릴
때마다 반갑게 쑥떡 대여섯 개씩을 골고루 집어
주셨다

차면 기운다는 속설 속에서

온달을 쪼개어 반달로 만든 지혜가 반달 떡이다

활활 타오르는 화덕 위에서 이리 뒤집어보고 저

리 뒤집어보고

앞면이 익으면 뒷면이 미심쩍어 또 뒤집어보고

그러기를 반복 세월이 노릇하게 익어가고 있었다

봄밤, 이리저리 뒤척이는 꽃가지 사이

구름 고명 묻은 반달이 노릇하게 구워지고 있다

추임새

갈수록 내 삶의 가락이
왜 이리 서글퍼지는 것이더냐
갈수록 비감만 드는 이 가락은
남도의 어느 판소리 한마당이더냐
그 많던 추임새가
요즘은 어찌 한마디도 없는 것이더냐

슬플 땐 슬픔을 털어내고
신명날 때는 신명을 더해주는
적절한 추임새가 그리운 것 아니더냐
내가 내 감정에 추임새를 넣는
이즈음은 어느 소리판의 완창이라더냐
인간살이, 때가 되면
슬픔과 기쁨이 동량이 될 때가 있는 것 아니더냐
그럴 때 추임새가
분간해 주어야 하는 것 아니더냐

외줄 새소리 밤 귀뚜리 소리
바람 소리 빗방울 구르는 소리
이런 것들이 남겨진
이즈음 나의 추임새란 말이더냐

먹먹해진 어느 절정에서
힘 솟구치게 했던 그 다양한 추임새들은
다 어디로 가버렸단 말이더냐
수천만 길 낭떠러지 외줄 붙들고 신명나는 그 많던
추임새들 달려가는 북새통 난리 바라보면서
이제는 가늘디가는 줄에 매달려
이리저리 휘청거려야 한단 말이더냐

소나무 밑에서

소나무 밑,
바람이 불어올 때마다
그늘진 물고기들 몰려다닌다
소나무는 묘하고도 드물게
비늘을 가지고 있는 나무다
굳이 억지를 부린다면 잉엇과쯤 될까
바람의 부레로 물 밖에 있으니
그것은 폐어인 것이다
다만 그늘이라 말하는 것은
맑음과 탁함이었을 뿐이다

아무리 생각을 뒤돌려 봐도
나의 그늘은 모두 다 지나가 버린 성싶어서
지나온 시간들이 다
그늘인 성싶어서
물 한 방울도 없는 푸석한
그늘 한 번 드리우지 못한 성싶어서

수틀 속 잉어에게
그 이유를 물었더니
고요하게 또 흔들리는 그늘 물고기
몇 마리 보여준다

매화 화병

화병의 종래는 깨지는 일
깨져서 오히려 귀한 일생이다

봄 눈발 성성한 오늘
뜰 앞의 매화
산산이 깨지고 있다
한 오백 년쯤 묵었을까 싶은 매화 화병이
소리 소문도 없이 화르르 날리고 있다
만질 수도 없지만
만져지는 순간 내 손끝에
붉은 꽃송이들 옮겨와 똑똑 떨어진다

매화 화병 그 꽃은
눈발 드문드문 날리는
이른 봄에 구워지고
초봄에 이르면 산산조각이 나버린다
오래도록 아끼던 뜰 앞의

매화 화병 한 그루

텅 비어 이제는 파르스름하다

오늘은 먹을 갈고

안료의 색깔을 예쁘게 골라봐야겠다

제비

삼월, 봄을 물고 제비가 왔다
곳곳에 봄씨를 풀어놓고
먼 길 날아온 어깻죽지 아픔도
꾹 눌러 놓고 처마 밑에
움푹한 분지를 갖춘
진흙 반달 하나 빚어 띄워놓는다

처마 밑에 떠 있는 진흙 반달은
제비 새끼가 다 자라기까지
반달은 그냥 반달로 기다려 줄 것이다

이윽고 반달 안에는
제비 새끼 세 마리가
노랑 주둥이를 쩍쩍 벌리며
달의 말로 시도 때도 모르고 지지배배
지지짓지 지지짓배배 야단들이다

사람하고 제일 친한 새
검은 등은 한밤이고
배에는 흰 달빛이 묻어 있는
멋진 신사 같은 새

해마다 봄을 물고 날아드는
우리 집 귀한 손님
흥부네 집에 박씨 하나 물어다 준,
강이 풀리면 어김없이 기다려지는
반가운 우리 집 여름 식구다

가을이면 텅 빈 반달이
우리 집 처마 밑에 떠 있다

성자

시장통 가는 길
담 모퉁이에 앉아 있는
남루한 마흔을 갓 넘겼을 듯한
한 남자를 보았다
어느 빈민촌에서 잃었는지 발이 없고
뭉툭한 발목을 내보이고 있는 남자
찌든 얼굴에는 누더기 같은 웃음 가득이다

어느 찰나에 잘려나간 발 한쪽을
선뜻 내어 보여준다는 것
이탈리아 바티칸 성당 안에 앉아 계시던
성 베드로의 청동상 발도 저러했다
수많은 사람들이 만지고 간 성자의 발
닳고 닳아 반질거리던
그 발이 생각이 났다

오가는 사람들의 눈빛이 만지고 간

저 남자의 발은 반질거리다 못해 뭉툭해져 있다
자신의 가장 소중한 부위 하나쯤
아무렇지도 않게
만천하에 내보여주는 일

내 속에도 저렇게 반질반질하게
혹은 뭉클하게 닳고 싶은
죽을 만큼 찌르는 아픔 하나 있을 것 같다
잃은 곳, 그곳으로부터 절실하게 닳아가야지

밤낮도 모르고 덜컹거려야지
있는 것도 아니고 없는 것도 아닌
죽음과 생은 하나라는데
어디쯤인지 안개 속을 헤매는 끝 간 곳 모르는 아픔
닳고 닳아지는 놀라운 일이
나에게도 일어나려는지

계절 온도계

봄에는 나무의 뿌리 쪽에 수은주가 있다
다 큰 나무에는 더 이상 씨앗이 필요치 않다
봄날 냉골을 피해
양지의 담벼락에 오종종 기댄 아이들처럼
나뭇가지들을 밀어내는 온도계
남쪽의 봄은 한 치의 오차도 없이 남쪽을 찾아온다
작년 늦봄에 떠났던 꽃들도 제 가지 위에 찾아와 핀다
간혹 길어진 나뭇가지들
어리둥절 몇 송이의 어린 꽃을 나무에 단다

알고 보면 꽃은 차가운 얼굴이다
봄에서 여름까지 온화한 날씨 쪽으로 가면 갈수록
빨리 시드는 추운 마음들이다
여름에 떠났던 꽃들은 여름의 더위로 돌아오고
철새처럼 다들 여름으로 떠난다
겨울이 추운 이유는
봄과 여름의 온도들이 다 떠났기 때문이다

겨울의 수족을 잘 살펴보면
아주 먼 곳의 말로 표시된 흰 눈이 쌓여 있다
각자 아무도 몰래 추워질 때가 있다

생각을 툭 치고 지나간 봄꽃들이 돌아와 가지 끝에
붉은 수은주를 표시해 주고 간다
적막강산에 손님 들어 바쁘다

접시꽃

우리 집 장독대 곁에
일렬횡대로 줄 서 있는
키다리 접시꽃
간밤 불어대던 바람에
형형색색 접시꽃
다 깨져버렸다

겹겹의 모란에는 유월을 담았고
제비꽃 간드러진 접시엔
자잘한 봄볕을 담았었다

연분홍진분홍빨강하양노랑
나무 곁가지 겨드랑이 칸칸에
둥글납작 포개놓은
꽃 접시들
달그락거리는 시간 속에서
산산이 부서지고 말았다

동백꽃 그늘엔 붉은 파편
모란꽃 곁엔 홑겹의 사금파리들
그 접시꽃들
햇볕에 반짝 빛을 내다
여름에서 가을까지
꽃송이들
그때마다, 한 송이 두 송이
와장창 깨지고 만다

우리 집 부엌 선반에도
덩달아 이젠
성한 꽃들이 드물다

흐르는 것들이 불안하다

집을 흐르게 하는 것은
다름 아닌 사람이다
겨울철 한 며칠 집을 비웠다 돌아오면
그 집 얼어있다
들어오고 나가는 것이 집의 일이니까
한여름보다 더 뜨거운 물을 통과시키고야
뚫리는 집의 혈관들
지난겨울은 막힌 곳이 많았다
얼어있던 나뭇가지들 솔솔 풀리는 봄
풀려서 흐르며 산수유산수유 한다
풀렸다고 여겼는데 또 툭툭 터지는 것이 있다
초목들을 오르내리는 수로가 있고
노란 속내가 또 빨간 속내가
나뭇가지에서 톡톡 튀어나온다
남의 속도 모르고 사람들은 속없이 모여서
꽃놀이 중인 것이다
꽃들이 나무속을 흘러 다닐 수는 없고

열매도 수액들처럼

나무속을 흘러 다닐 수는 없는 것이다

집 혈관들은 시원하게 생기가 돈다

파고 뒤집고 베고 넘침으로 스스로 뚫어진 수
로조차

망가뜨려 버리는 군상들

그 무례함이 돌아갈 곳을 망각한 채

함부로 지껄이는 까닭인 것이다

*** 제2부

시간을 잡는다

물 불어나듯 깊이를 알 수 없는
생각이 내 키를 넘는다

팽팽한 햇빛, 물방울처럼 쏟아져
들판에, 나뭇잎에 내려앉는데
잎새들 흔드는 바람
제 지나가는 흔적 기어코 남긴다

윤사월, 공짜 달이라고
이승의 효손들
산소 단장으로 선영님들 공경하느라고
마음 먼저 바쁘다

살아있는 조상 무덤은
까맣게 점으로라도 찍혀 있는가

일상의 나른함이 줄기차게 밀어닥쳐
어리벙벙한 심사

갈피를 잡지 못해 두렵다

왜 아쉬움이 없겠냐마는
내일이면 또 시작이 아닌가!
막연한 기대 속에 시간을 잡는다

사람

줄타기 묘기에 어지럼증
도지는 곡예사
오늘도 하늘에 구멍 뚫고
밧줄을 끼운다

나이테 굵어질수록
가늘어지는 몸통
공중에 붙여놓은 주소 끌어안고
가슴에 품어보는 하늘이다

한쪽 눈 지그시 감아도 역시
허공에서 허공으로
뜀뛰기하는 발걸음 서늘하다

네 것 내 것은 어느 나라 말이더냐
너도 없고 나도 없고
버릴 것도 찾을 것도 아무것도 없는

터진 허공에 갇힌 어릿광대

바람에 매달려 흔들거리는
이름 석 자 틀어쥐고
훌떡훌떡 세월 뛰어넘는다

말은 입을 통하는가

한 무리 말떼가 바람을 타고
천리 길 쏜살같이 달려온다
무작위로 할퀴고 다닌 푸른 숲
내려앉은 별무리 죄 흩어 놓고
성난 망아지처럼 길길이 뛴다
엉뚱하게도 둔기로 얻어맞은 나무들
섬뜩한 칼날에 붉은 선혈로 하늘을 날고
너덜너덜 풀어진 바람
단단한 벽 뚫고 교묘하게 달려든다
틈새까지 막아버리고
마구 으르렁대는 천둥 번개
질긴 아픔에 숨소리조차 내지 못하고
통째로 뽑혀 넘어질까 무서워
버텨보는 처절한 몸짓
산산조각 난 바람결 그나마
마른 가슴 찢어놓고
검은 밤 하얗게, 하얗게 물들인다

뜻 모를 웃음 흘리며 후려치는
한 무더기 말떼
등등한 기세에 납작 엎어져 흠칫한다
절대로 수그러들 기색 없고 쑥 뽑아낸
날선 눈빛 시퍼렇다

겨울밤

한기 서린 쩍쩍한 얼음덩이
방안 가득 쌓이고
숨소리조차 멎는 적막
곳곳에 웅크리고 앉아
슬쩍 슬쩍 쳐다본다
소리 없이 날리는 눈발, 먹색일까?
새어나간 불빛 속에
드러난 앙상한 나무
구부러진 등에
수북이 얹혀 있는 눈
어둠을 삼킨 채 시치미 떼고 있다
세월의 두께에 성냥개비 하나 그어
툭 던져놓고
활활 피어오른 불꽃 따라
겨울 무지개 만들어
고향으로 잇고 싶다

봄 마중

이른 아침 포근한 햇살 등에 지고
백양사 뒷산 오른다
눈 내린 끝이라 떡가루 뿌린 듯
쑥버무리처럼 맛있어 보인다
나뭇가지 위에 앉아 꽃잠에 빠진 소복한 눈
바람결에 우수수 날아가는 하얀 나비 떼다
동지새알심 동지팥죽 먹은 날 엊그제인데
그리도 급했을까, 희끗희끗 눈 덮인 산으로
봄기운 달려오고 있다
산길에 펼쳐진 가랑잎 양탄자
산새소리에 콧노래 화음 절로 흘러나온다
세상이 모두 내 것인 양
산길 되고 바람 되고 계곡물 되고
산새 되고 나무 되고
말 없는 말을 하며 산 오른다

전생에 나는

전생에 나는
봄날 처마 밑에 핀 수선화
함부로 꺾어 품은 죄로

초원을 떠돌며
들꽃의 아름다움 시샘해
함부로 짓밟은 죄로

전생에 나는
성난 마음으로 산길 걷다가
물오른 나뭇가지 뚝뚝 자른 죄로

추운 날 밤길 걷다가
쓰러져 있는 당신
그냥 스쳐 지나친 죄로

전생에 나는

뜨거운 당신 마음 알아채고도
모른 척 지나친 죄로

지금 눈멀어
아름다운 것 바라보지 못합니다
당신을 향한 나의 마음
가 닿지 못합니다

그러니 차가운 마룻바닥에
무릎 꿇고 참회할 수밖에요

작은 포구

춘향이 눈썹 같은 초승달, 하늘 중간쯤
낮게 걸어놓고, 허연 거품 토악질에 질린 바다
파란 시폰 치맛자락 허벅지까지 걷어올리고
십리 밖으로 달아난다

그 호들갑에 대책 없이 허둥대는 바람
공중에 걸린 낫 한 자루 끌어내려
정신 잃고 널브러진 검은 살점들
싹둑싹둑 잘라내어, 허우적거리며 되돌아서는
철없는 바다 밑창으로 힘껏 집어 던진다

오고 가고 밀고 당기는 경계는 어디쯤인가
뻘밭 가장자리로 밀려난 폐선 두 척
핏기 없는 초승달빛의 그늘에 말문 막힌 채
어깨 맞대고 우두커니 앉아, 흐릿한 시선으로
하늘, 바다 맞물린 곳 간절하게 더듬는다

눈 내리듯 어둠은 펄펄 뛰어내리고
감겨질 듯 실눈 뜨고 속삭이는 초가을 풀벌레 소리
거무튀튀한 적막이 덮치고
끼룩대는 갈매기울음 띄워놓는다

어디로 가야 할지 방황하는 바람 속
신열에 들뜬 해송 앓는 소리 속
팽팽한 무섬증 훅 끼쳐들어, 머리카락
곤두서 숨조차 막혀오는 생면부지의 작은 해안

나는 땅끝 가는 길섶 작은 포구에
들었다 나온 적 있다 초저녁 무렵이었다

너에게

높게 내뱉은 너의 언성에
짚불 타들 듯 틀어쥔 나의 숨통
퉁퉁 부어오른 살점들
홍두깨에 둘둘 말려 으스러진다

선머슴아 춤추듯
허허벌판 할퀴는 바람
자박거리는 네 유년의 발자국
웃자란 풀들 속으로 숨어든다

문으로 가는 길이
잠시 멈추고 다급히 나를 부른다
눈이 붓도록 울음 운 허공
걸어 내려와 내 손 잡는다

선인장 등불

늦은 밤, 베란다를 서성이다
불빛에 흠칫 놀란다
누가 몰래 등불을 달아 놓았을까
가만히 몸 낮추고 들여다보니
화분 속 선인장, 안간힘 쓰며
진홍빛 등불 켜고 있다
어둠 속에 피어나는 한 줄기 불빛
일순, 세상이 환하다
길 잃지 말라며, 불빛
조용히 내 등 쓰다듬어 준다
어두운 세상 너의 빛을 받은 나는
무슨 등불 내다 걸어야
다음 생에 너, 환히 비추어 줄까

보릿대가 타는데요

타닥타닥 보릿대 타는
매캐한 연기
몸 비비 틀어 하늘로 오른다

수많은 열매를 키우던 날들
그리워 사방으로
화려하게 애태우는 저 욕망 덩어리!

한 줄기 바람 불자
텅 빈 들판, 꼿꼿이 앉아
얼얼하게 타들어가는 가냘픈 몸뚱이!

가고 오는 것이
오고 가는 것이
무에 그리 큰일이던가

시간이 지나면 다 사그라지고 말 것을

아직은 너털웃음으로

돌아와 쌓이는 저 수북한 육신!

경계

눈발이 날리자
순식간에 길들이 몸을 숨긴다
길 위에서 길을 찾아
두리번거리는 또 하나의 길
굵어진 눈발은 다시 길을 만들고 있다
흩어지는 길에서 다른 길이 흩어지고
또 다른 길을 따라가다가
멈춰선 자리, 그 길 위
길은 지워지고 다시 만들어지지만
본래 그 길임을
길을 잃고 나서야 안다
순간, 환해지는 세상!

밥 쟁반 머리에 이고

꼭두새벽, 부서진 잠 털고 길 나선다
감겨오는 두 눈 부릅뜨고
내려앉은 눈시울에 버퉁개* 질러
치마꼬리 휘파람 소리 나도록
잰걸음 떼어놓는다
한 상 또 한 상 고개가 부러지도록
머리에 일 수만 있다면
열 상이라도 좋다
자꾸 얹어 자라목 되어도 좋다
눈에 넣어도 아프지 않을 자식들
큰 쟁반에 담아 이고
허기진 시간, 찾는 손님 놓칠까 봐
종종걸음, 실룩거리는 얼굴에
다홍빛 연꽃 환하게 피어난다

*버퉁개 : 쭈그러들지 않게 버텨주는 기구. 전라도 토박이말.

어시장 횟집

삶과 죽음이 펄펄 뛰는 시장바닥

찰나가 뒤바뀌는 막막함 휘젓고 다니는 뭇 생명들

고개 거들먹거리며 펄떡인다

예리한 칼질에 뱃가죽 슥, 갈라져

보이기 싫은 내장들

어쩔 수 없이 쏟아져 내놓는다

초점 잃고 바라보는 멀건 눈알

산 채로 죽어 낱낱이 해체된 인욕보살들

살아있는 자의 아가리로

줄줄이 뛰어들어 난도질당한다

딱 정지된 생명들

잘려나간 머리와 꼬리

마지막 부스러기 살점 하나까지

어금니 꾹꾹 누르곤

기꺼이 내주어 다시 살아난 죽음

서서히 뱃속으로 차오르는 것을 본다

천일 관음기도

지심귀명례 대지문수 사리보살—
낭랑하게 울리는 젊은 스님의 염불소리
교교한 법당에 남실거린다
딱딱딱딱 딱 따르르르
등 구부린 물고기 두드려 달구는 소리
대웅전 그 큰 대들보 틈새로 들어가
천장을 뚫고 지붕 꼭대기로 틔어나가
애끊는 아픔 마다마디 허공에다 걸어놓는다
진종일 무거운 몸 이끌고 오늘을 넘어오는 햇살
아픈 다리 이끌어 용마루 끝에 올라앉아
바람에 쏠리는 나무 물고기의 속울음 끌어안고
감겨지는 눈꺼풀 잡아당겨 실눈 뜬다
남은 빛살 처마 밑에 내려놓고
느릿느릿 굴러서 서산으로 간다
동산으로 다시금 환하게 오르는 햇살소리

끝이라는 것

쿵 내려앉은 긴 한숨 소리
휘파람새가 된다
얽히고설킨 끄나풀들
오늘이 내일이고
어제가 오늘임을 안다

말라붙은 눈시울
가만히 새어 나온 바람
마냥 뱅뱅 돌고
시렁 위에 올려놓은 매 순간
차곡차곡 접는다

이날을 넘으면
다시 저 날을 넘고
또다시 그날을
넘어볼 수나 있을까

무너져 내리는 작은 몸뚱이

가고 없는 것들

그래도 푸석한 마음 한 자락

시간으로 버무려본다

상생相生

함부로 뱉은 말
함부로 들은 말
함부로 본 것들로
토막 난 마음 주워들고
일주문 들어서며 합장한다

처마 밑 나무 물고기
둥근 바람 만들며
마음 내려놓으라고 속삭인다

그때, 묵은 나뭇가지
내게로 길게 몸 뻗는다
삭정이뿐인 내 몸에
팽글팽글 푸른 잎들 돋는다

⁂ 제3부

줄배

저물어 가는 노을
탱자나무 울타리에 스며든다
강마을 사람들 속울음으로
붉게 번지는 노을
기어이 줄배 묶여 있는
강바닥까지 버얼겋게 빠져든다
쇠털 같은 나날
얼음에 미끄러지듯
오고 또 다시 가는 줄배
이제 어디로 이어질 것인가
푸른 시누대 수런거림도
물결 뒤집고 있는
강물 속으로 뛰어든다
섬진강 그 세찬 옷자락 붙들고
오가던 줄배
밧줄에 묶여 강기슭 모래 둔덕에
쭈그리고 앉아

녹슨 세월, 모래에 파묻고 있다
낯선 벌판, 하늘이 너무 넓어
다리가 있어도 스스론 오가지 못하는
앉은뱅이는 어쩌라고

대진항

하늘과 바다가 맞물린 곳
쭈욱, 줄 그어놓은 일직선상에서
빨간 꽃송이
투툭, 툭 피어난다
죄 없는 생목숨 낚아채려
온갖 기교로
현란한 불꽃놀이 한창인
오징어잡이 배,
우뚝우뚝 불기둥, 바다 깊숙이 박아놓는다
만선의 꿈속에서
마냥 펄럭이는 깃발들!
육중한 몸, 파랗게 날선 물 뒤집어쓰고
생生과 멸滅 잡아 올리는
저 처절한 몸짓들!
모두 벌건 불기둥이다

묵호 바다

작은 반란, 꿈틀거리며 일어선다
하늘 맞닿은 곳으로부터
반란의 물기둥이 서서히 일어선다
거칠게 몰아쉬는 숨소리
한 떼의 굴렁쇠 도도하게 몰려온다
꽉 다문 입, 매서운 눈초리
헤아릴 수 없는 횡렬 종대로
바람까지 제 혀 속에 감춘다
쏜살같이 달아나는 검은 산
하늘 땅 모두 한쪽으로 비켜서서
으르렁대는 아우성에 놀라
한쪽 발 번쩍 든다 공중 높이
치솟는 바다 끝자락 망연히 바라보다가
내 안에 솟구치는 물기둥
찬찬히 바라본다 끝내는 제 풀에
고꾸라져 와르르 내려앉은 파도 위
마음 한 개 뉘어놓는다 갈매기 한 마리
파다닥, 하늘 향해 높이 날아오른다

봄날 1

닫혔던 하늘 땅 문 열리는 소리
쏟아지는 햇빛 따라
연둣빛 두루마리 풀어놓기에 바쁜 산,
아지랑이는 도란거리며
빈 들녘 깨우기에 바쁘다
꽃망울들 잠 깨우느라
넘나드는 바람, 숨이 차다
까만 연미복 차려입고
긴 꽁지 아래위로 움직이며
목청 돋구는 작은 새 소리에
신명난 노랑나비
앞뜰의 동백꽃 빙빙 돌며 기웃거린다
나른한 햇살 덮고
길게 졸던 얼룩무늬 고양이
무엇에 놀랐는지 후다닥, 튀어오른다
천지간 들썩들썩하는 사이
서산에 걸터앉은 노을

꽃단장하기에 바쁘다

하나의 완벽한 하모니를 이루는

저들은 본래 하나였으리

봄날 2

자욱하게 올라오는 아침 물안개
퍼지는 햇살 따라 섬진강변 달린다
서울발 여수행 무궁화호 기차
꽁무니에 기대어 손 흔드는 두 꼬마
창문 열고 나도 함께 손 흔들어 본다
차츰 사라져버리는 뒷모습
뻗지르고 올라오는 울음 삼킨다
기차는 하염없이 달려가고
스치는 온 산에 진달래꽃 불붙었구나
나도 함께 꽃 범벅되었으면 좋겠다
천만가지 향내 가득 차오르고
파랗게 흔들리는 물속 은빛 물고기
훌떡훌떡 자맥질하는 봄날

차 한 잔에

연둣빛 찻잔 속에
막차가 흐르네
세월 스며들어
선잠 깬 시간들
일으켜 세우네

아참, 당신은 듣고 있는가

이야기 꽃봉오리 툭툭
터지고 구름 떠가고
기러기 날아
바람 이는 소리를

연둣빛 실개천
쿨쿨 흘러
강으로 바다로
합쳐지는 소리를……

박동새

깊이를 알 수 없는 가슴 저 밑바닥
박동새 한 마리 살고 있다
둥둥 북을 치며 솟구쳐 오르는
설움 한 마리 살고 있다
삭히고 삭혀도 날개를 쳐대는 박동새
시도 때도 없이 심장
저 깊은 곳 쪼아대며 울고 있다
박동박동, 심장의 박동으로 울고 있다
눈시울이 젖어드는 것은
박동새 때문이다
핏줄 벌겋게 달아오르는 것은
박동새 때문이다
옛날로 달음박질치는 것은
박동새 때문이다
툭툭 인연의 줄 끊어지는 소리
살래살래 도리질을 하며 박동새는
귀가 먼 박동새

깃털 다 뽑힌 지도 모르고

아직도 날개 퍼덕이며 울고 있다

끈

바늘처럼 뾰족한 것이
무턱대고 쿡쿡 찔러
아무 데나 피멍자국 달아놓는다

뚜껑 열고 보면 주먹보다
더 큰 허한 덩어리 꽉 차 있어
눈길 먼 하늘로 달아난다

돌처럼 내려앉은 기다림
구르고 굴러
부어오른 눈두덩으로 턱 올라온다

긴 굴속까지라도
함께 갈 수밖에 없는
길고도 질긴 끈 하나

인연

한 줌 재로 날아간 인간살이

여기
내 안 이곳에
깊숙이 묻으면 돼

그 속에서 잡초를 뽑고
뗏장도 입히고
다독이면 돼

그러다가 문득
튕겨져나가 줄 끊어지는 소리

구부러지고 소멸되어지는
연줄 타래……

둥근 집

이제는 하늘로 날려 보내야지
큰 댐이 지나가니까

혼자만 외롭지 말아야지
모두들 외로우니까

처음부터 가진 것 없듯이
세상에 나의 것 없지

울지 말고 눈감아야지
태어나는 순간
죽어가는 것이니까

화려했던 지난날들도
한 줌 재로 남아
둥근 집 속에 들어가 버리지

나의 인연 조각도

둥근 집 속으로 들어가 버리고

관세음보살님

당신은 바람
배디뺀* 체로 걸러낸
맑은 바람

당신은 꽃잎
스치기만 해도
하늘하늘 날아드는 꽃잎

당신은 활화산
무쇠도 녹아드는
용광로

당신은 서늘한 쇳물
뚝뚝 흐르는
울음바다

* 배다 : 그 사이가 좁고 촘촘하다.

새벽 예불

어둠을 가르고 날아오는 도량석
소리에 눈뜨는 새벽
산등성이에 걸쳐 있는 달님
밤새워 경전을 읽었는지
낯빛 창백하다 새벽은
천천히 달빛 베어 물고
검은 장막을 거둬들인다
언덕 너무 높아 오르지 못해
두리번거리며 헤매다 길 잃은 나는
다시 내게로 돌아오는 길 찾고자
오체투지로 묻는다
너의 옷 너무 두꺼운 것 아니냐고
정녕 무엇 하나 걸치지 않은
등 구부리고 매 맞는 목탁
슬그머니 내게 묻는다
멀리서 가까이서
새벽 뻐꾸기는 울어대는데

길

길에게 물으면
결단코 없어지지 않는다 한다
어떤 난처한 입장에서라도
절대로 숨지 않는다 한다
말없이 제자리 지키며
가만히 숨 쉬고 있는다 한다
네가 나를 잃어버렸는지
당당하게 나는 네 안에서
뻗어가고 있다 한다
쏟아져 두껍게 늘어뜨리는
그 어떤 색의 장막도
걷어낼 수 있다 한다
환한 여러 갈래 길
만들 수도 있다 한다
길은 바로 네가 나라고
진작 알려주고 싶었다 한다

삼거리

그는 떠나갔다 어찌할까
속수무책 생각 딱 멈추어버렸다
바라만 보고 있었다
희뿌연 것이 방안을 메웠다
검은 핏덩이 울컥울컥 넘어왔다
힘없이 감겨지는 두 눈
눈 좀 떠봐요, 눈을 좀 뜨세요
태극기 들고 정의를 외치듯
계속하여 크게크게 소리를 질렀다
초점 없는 눈망울
정수리에 꽂힌 한 세상
모두 다 놓고 놓아둔 채
홀로 그냥 돌아보지도
결코 돌아보지도 않고
싸늘하게 싸늘하게 그는 식어갔다

낙서를 하네

하얀 마음, 연필로 긁적거리네
딱딱 끊어지는
퉁명스런 말들 쏟아져 내리네
작두날 들이대어
싹둑 잘라 굵은 소금 설설 뿌리네
쪼그라드는 어설픈 헛기침
서성서성 밖으로 걸어나가네
터덕터덕 걷는 걸음
들썩거리는 어깨
덜컹이는 바람 옷섶에 담고
세월 다독거려 보네
나뭇잎 사이로 비치는
가로등 불빛 따라
차들의 경적 소리, 아우성이네
흐느적거리는 머릿속 팔다리
서둘러 집으로 가고 있네
사방은 검게 변하고

그동안 막아놓았던 봇물
와르르 무너져 내리네

달빛

가슴에선 찬비가 내렸다
주먹은 아픔이고
손바닥은 따뜻함이라고 했던가
서슬 퍼런 말, 꼬리 번쩍 치켜들고
노도처럼 달려 나와
축 늘어진 육신 위
불 퍼부었다
너덜거리는 넝마처럼 고단한 삶
둘둘 말아 한쪽으로 밀어놓고
다 버리고 날아보자
생각은 하얗게 바래지고
빳빳한 찬바람에
몸은 괴괴한 보름달처럼 이지러지고 있었다
열풍이라도 불었으면
한 번이라도 불어줬으면
허망한 눈길이었다
불나방 한 마리 그렇게

불구덩이 속으로 뛰어들었다
머리를 쓰다듬는 건
단지 그날 밤 달빛이었다

미로

더 이상 걷고 싶지 않다

나갈 길 숨어버리고
현기증만 스멀스멀 기어 올라와
안개로 뒤덮어버린다

먹물 보자기 속 눈길, 안절부절못하고
그 자리에 주저앉아
꺽꺽, 목 메인다

빛은 어디로 가는가

후줄근한 신발 벗어
툭툭 두드려 본다

허연 먼지만 풀풀 날려 다니고
난데없는 재채기에 눈물 콧물 뒤범벅된다

끝끝내 찾지 못한 길
얼마나 뱅뱅 돌아야
그 끝에 와 서겠는가

초승달만 가만히 내려와
찬이슬 잔디 위로 뒹굴며 간다

∗∗ 제4부

찔레꽃 떡시루

별처럼 깜박이는 찔레꽃
부드러이 내뿜는 향기
기다리는 것밖에 할 일 없어
밤새 숨죽여 울었다

대나무꽃은 백 년을 운다는데
마음 한 자락 텅 비워 놓고
그토록 아파 찔레꽃, 찔레꽃 생가슴 앓았다

오월 단옷날, 우리 어머니
대소쿠리에 따 담은 찔레꽃 이파리
쌀가루 섞어 시루에 켜켜이 앉혔다

묻혀간 세월들, 설익은 삶도
어설프게 끌어다 두어 둘금 깔았다

떡시루 가운데엔 종지물 얹혀놓고

머리엔 고무신 한 짝 벗어 이고
찔레꽃잎 떡 쪄내시던 어머니……

이마에 맺혀 깜빡이던 찔레꽃 이파리
별꽃으로 초롱초롱했다

묵묵부답

끝내는 떠나야 하는 거다
떠날 채비를 해야 하는 거다

더도 말고 덜도 말고 이만큼만
되라는 한가위 대명절이다

누가 갈망한 일이던가

둥그렇게 혹은 네모지게
말끔하게 머리 깎아주고
깨끗한 옷으로 갈아 입힌다

살아있는 자의 날 선 칼로
서둘러 면도질을 한다

본래 무덤은 말이 없는 거다
그냥 그렇게 비바람을 맞고 있는 거다

강둑길을 달리면

자전거 타고 강둑길을 달린다
문득 키 큰 미루나무 두세 그루 보인다
작은 이파리들 서녘 바람에
팔랑거리고 있다 싫다고
떼쓰며 흔들어대는
아가의 단풍잎 손 같다
황혼녘에 자전거 타고 강둑길을 달리면
내 몸의 세포들 모두 일어나
어디론가 튀어 달아나는 듯
싸늘한 떨림 내 몸에 번져온다
떨림의 음률로만 시를 쓰는
너의 이름은 귀여운 은사시
떨림, 떨림이 산에도 길에도 강물에도
하늘땅에도 가득하다
황혼에 자전거를 타고 강둑길을 달리면

우렁이 껍데기

새벽이 먼저 눈 뜬다
눈을 뜨면서 얼른 일어나
오늘을 맞으라고 나를 흔든다

아침은 쉬지 않고
울 밖에 다가와
대문 빠끔히 열고
안을 들여다본다

뒤란에 쌓여 있는
막막한 젊음
고개 들고
자꾸만 튀쳐나온다

남은 시간들
바스락거리는 소리
찌르릉 울릴 것 같은 소리

이름 주소 잊었더냐

석삼년을 하루같이
지나가는 바람에 귀 열어놓고
눈 크게 뜨고
벌판에 앉아 불을 밝히는
바보 중의 상바보

새끼 손가락에 불 켜고 하늘 바라보는
우렁 껍데기

오늘

새벽에 오늘을 또 헌다
헐기만 하면 금방 닳아버려도
헐고 또 헌다 헐어 놓으면서
거울에 비춰진 내 모습
무심코 보다가
문득 쫑긋거리며 지나가는
시간의 행렬을 본다
미끄러지듯 떠나가는 시간의 행렬이다
짐은 자꾸만 불어나고
바쁘게 구르는 바큇살에
도르르 감기는 바람 거세어진다
밤은 낮의 옷자락 붙들고
낮은 밤의 꼬리 붙잡고
한 치 어긋남도 없이 굴러간다
육중한 대문 활짝 열린다
문이 빙긋 웃는다, 퍼뜩
거울 안의 나를 본다, 순간

뜨거운 불을 삼킨 듯
내 작은 몸 통째로 화끈거린다

개천사 가는 길

가동리 저수지 돌아
개천사엘 간다
자잘한 돌들 마구 뛰어드는 산길,
하늘은 쉽게 길 내주지 않는다
길가 나무 벽수 무심한 듯 서서
파도치듯 무성한 비자림 바람소리
귀 기울이며 듣고 서 있다
산문은 어디쯤일까
돌아가는 길 더 멀어 앞으로 나아가는 길
스님은 오늘도 수행중인지
바람에 묻어오는 멀리 목탁소리
마음을 먼저 친다
끊겼다 이어졌다 하는 마음 한 토막
산사에 부려놓고
세속의 때 벗어버리고 싶지만
지워버리고 싶지만
자꾸만 멀어지는 하늘 문

차마 들어서지 못하고
서성대는 이 두억시니!

선암사 홍매화

뎅그렁뎅그렁 풍경소리
잘라먹는 선암사 뜨락
홍매화 몇 장
끄덕끄덕 졸고 있다
종종걸음 비구니 낯빛 닮았다

코를 내밀어 보아도
맡을 수 없는 향기
멀리서 바라볼 수밖에
지나는 바람에 몸 맡기며
한참을 서성이다가 되돌아선다

잠 오지 않는 밤
가만히 창문 여니
방안까지 따라와
언 가슴 녹이는 여문 향내
웅성대던 내 마음
부끄러워 고개 숙인다

돌탑

긴 그림자 늘이며
묵묵히 서 있는 돌탑

오래된 돌 틈,
푸른 전언 사이로 달빛 흐른다

흘러가고 흘러오는 것이
인생이라면

나는 어디서 흘러왔다가
어디로 흘러가는 것일까

문득 긴 꼬리 늘이며
한 세월, 빗금을 긋는다

저녁 예불

해질 무렵 관음암엘 간다
어지러운 마음 자꾸만 길 놓친다
되돌아가며 풀꽃들
자꾸 옷자락을 잡는다
대웅전으로 향하는 가파른 돌계단
송아지만 한 백구,
괜찮다 괜찮다 고개 끄덕이며
앞장선다 예불이 시작되고
시방세계 향해 두루 퍼지는 종소리
두껍게 젖어 있는
어리석음 다독이며
검게 탄 바위 틈
앉은뱅이 민들레꽃 속으로 잦아든다
얼마나 낮고 가벼워져야
화사한 옷 다 벗어 던질 수 있을까
백팔번뇌로 으깨진 살덩이들
민들레 씨앗처럼 천지사방으로 날아가
낮은 곳 향해 몸 부리고 싶어 한다

돌고개 부처

가파른 양동 돌고개
뜰 안 가득
목단 향기로 흩날리는 경전 구절들

젊은 학승은 부지런히
버려라, 버려라, 비질하는데

하루 종일 가부좌로 앉아 계시는
법당 안 부처님

그 모습 바라보며
빙긋이 웃고 웃으신다

오월 찔레꽃
– 어머니

오월 어느 하루
갈매옥색 쑥 고사치마
황금비녀 떨잠 뒤꽂이
검은머리 자줏빛 댕기낭자
담장 안에 아른거린다

울밖엔 황금 꾀꼬리 울음
하늘을 날고
번져드는 초록 사이로
찔레꽃 향내 감아 돈다

지나온 세월 두드려 보던
피아노 앞에 앉은 팔순 갓 넘긴
피아노 치는 아이
학교 종이 땡땡땡……

백옥 같은 이마에

레이스 검은 리본 곱게 달고
환하게 돌아보는 어머니

찔레꽃 향 보듬고
눈물 철철 흘리는
한 아이 여기 서 있다

목어

오장육부 훑어내 텅 빈 뱃가죽
쩍 벌어진 입 다물지도 못하는
나무 물고기, 퀭한 눈 부릅뜨고 있다
알고 지은 죄 모르고 지은 죄로
차가운 거센 물살 속에 던져진 몸뚱이
등에 꽂힌 가시나무는
어떻게 뽑을 것인가
물살에 찢기어 흐르는 피
길게 늘어진 혀 깨물며 삼킨다
짓누르는 무거움 안고
알몸으로 천장에 매달려
매 맞아 터진 뱃가죽
이렇게 해서라도 죄 벗을 수만 있다면
벌어진 아가리에서 새어나오는
업장소멸 업장소멸
등에 지고 뒤뚱거리는
아, 사람 물고기, 사람 물고기

봄 풍경

겨우 내민 떡잎 스러질까 봐
자지러든 바람 소리

무심코 뒤돌아보았더니
언제부터일까

물새들 파르르 날아다니며
쓱쓱 덧칠하고 있구나

물감 푹푹 찍어
초록빛 가득 덧씌우고 있구나

산굽이 돌고 돌아
달려가는 초록빛 물결 소리

늙는다는 것

나이 탓이 아닐 게다
설렘이 달아나 버린 탓일 게다

모든 것이
변하고 변한 탓일 게다

수없이 많은 날들
웃으며 울었던 탓일 게다

자꾸만 어설퍼지는 밤
그래도 창문 열고 들어오는 달빛
파르르 떨다 간다

눈물 같은 강물 위로
보석처럼 반짝이는 한 다발 추억도
우르르 떨다 간다

돌탑처럼 쌓여 가는

조용한 경륜

아직은 세상 일깨우고 있거늘!

산사의 밤

잘 익은 보름 달빛 마당에
흘러내려 발그림자 적시는데
멀리서 들려오는 계곡물 소리
깊어지고 있구나
촘촘한 매화 향기
어디선가 바람 타고 흐르는데
텅 빈 산사의 낮은 풍경소리
아스라이 퍼져 가고 있구나

아스라한 달빛 타고 찾아오는
왁자지껄한 숨소리들, 목소리들,
웃음소리들, 달그락거리는
살강 그릇들, 무쇠솥 여닫는 소리,
물 퍼 올리는 펌프 소리……
고즈넉한 산사의 마당
깊은 그리움으로 채워놓고
그냥, 그냥 떠나가고 있구나

달빛 바다

슬금슬금 곁눈질로
하얀 조각달
공중에 걸려 있다

부연 끝 풍경
바람 따라
이리저리 흔들거린다

어디서 날아오는가
메마른 나뭇잎 하나
하늘하늘 춤을 추는

달빛 바다에 퐁당 빠진 나는
마당 가운데
장승이 된다

마음공부의 긴 여정

고명수 | 시인·전 동원대 교수

1. 구도의 여정으로서의 시

선가禪家에서는 삼라만상이 선정에 들어있다고 한다. 그러니 부처는 어쩌면 삼라만상에 내재하고 있는 것이 아닐까? 내 안의 부처가 만상에 투영되어 모든 것이 부처로 보일 수 있다면 좋으련만 내 안의 부처를 만나는 일이 결코 쉬운 일은 아니다. 그것은 대상을 바라보는 주체의 시선이 무명無明의 구름에 가려져 있기 때문이다. 모든 감각의 이면에는 마음이 작동한다. 그런데 이 마음이란 시시각각 대상과 상황에 따라 흔들리고 있다. 여기에 수행의 필요성과 당위성이 요구되는 것이다. 언제나 담담하게 고여있는 맑은 물처럼 여여如如하면 좋으련만 마음이란 연기의 법칙에 따라 끝없이 흔들리고 윤회하고 있으니, 이것이 문제이다. 게다가 삶이란 무상해서 서글프다. 제행무상! 한번 생겨난 이상 영속하는 것이란 없다는 이 준엄한 법칙 앞에서 인간은 언제나 절망하곤 한다. 한 편의 시란 한 시인의 삶의 행로가 남기는 사리舍利와도 같은 것이다. 시로써 마음을 닦아가는 화자의 시가 펼쳐 보이는 마음의 만화경 속으로 들어가 그 좌표를 더듬어 마음의 주소를 따라가 보기로 하자.

2. 나의 부처는 어디에 있는가?

세상천지에 부처 아니 계신 곳 없다는
말씀, 수도 없이 들었지만
도무지 부처 계신 곳 찾을 길 없어
내 몸 한복판에 부처를 모시고
오늘도 부처의 주소를
방방곡곡 찾아 헤매고 있는 것이다

ㅡ「주소」 부분

이 세상 두두물물이 다 부처이니 "삭막한 그 어느 허름한 곳에
서라도/ 부처는 항상 자리하고 계"시는 것이 아닌가. 그런데도
화자는 왜 부처가 보이지 않고 들리지 않는 것일까? 그것은 어쩌
면 무엇인가가 화자의 눈과 귀를 막고 있어서일 것이다. 불교에
서는 그것을 업장業障이라고도 하고 무명無明 혹은 삼독三毒이라
고도 한다. 탐욕과 성냄과 어리석음이라는, 이 세 가지 방해물이
우리의 눈과 귀를 가려서 보이지 않고 들리지 않는다고 한다면,
그러한 방해물을 없애는 방법은 무엇일까?

함부로 뱉은 말
함부로 들은 말
함부로 본 것들로
토막 난 마음 주워들고

일주문 들어서며 합장한다

처마 밑 나무 물고기
둥근 바람 만들며
마음 내려놓으라고 속삭인다

그때, 묵은 나뭇가지
내게로 길게 몸 뻗는다
삭정이뿐인 내 몸에
팽글팽글 푸른 잎들 돋는다

-「상생」 전문

위의 시에 의하면 본래 둥근 보름달처럼 환하고 온전한 마음
이 토막이 나는 것은 "함부로 뱉은 말/ 함부로 들은 말/ 함부로
본 것들" 때문이다. 즉 집착과 미혹으로 인해 올바로 말하고 듣
고 보지 못한 것이 착각과 번뇌의 원인이라는 것이다. 인간은 유
일하게 자신들의 언어를 지닌 동물이므로 말로 생각하고 말로 인
해 상처받고 또한 말로 치유받는다. 이러한 일상 속의 언어적 인
간Homo Loquens이 "토막난 마음"들을 주워들고 "일주문 들어서며
합장"하는 순간 세속의 언어를 벗어나 "처마 밑 나무 물고기" 즉
목어木魚의 말을 듣게 된다. 그리고 "묵은 나뭇가지"로 대표되는
자연의 소리를 듣게 되고 무명의 어지러운 말들로 인해 죽어버린
화자의 마음에 생명의 "푸른 잎들"이 돋아난다. 결국 앞에 인용
한 시에서 화자가 궁금해했던 부처의 주소는 '내려놓음'에 있음
을 알 수 있다. 위의 시 둘째 연에서 "처마 밑 나무 물고기"가 속
삭여주는 그 해답은 "마음 내려놓으라"에 있다. 탐욕과 집착, 성

냄과 어리석음의 마음을 내려놓으면 늘 한결같은 일여一如의 마음, 고요한 선정에 들어있는 삼라만상의 실상實相이 제대로 보이게 되고 마침내 부처의 주소를 만나게 되는 것이다. 이러한 일여의 세계를 상징하는 물질로 우리는 물을 들 수 있다. 노자老子도 '가장 좋은 것은 물처럼 하는 것上善若水'이라고 예찬한 바 있는 물이란 우주의 대 생명력의 하나로서 낮은 곳으로 흘러가되 가장 높은 곳에 이르고, 어떠한 그릇에도 담기고 스며들며, 장애물이 나타나면 돌아서 가고, 부드러움으로 강한 것을 제압하는 힘을 지닌 물질이기에 흔히 성자聖者의 인품과 덕에 비유되곤 한다.

흐르기만 하고
스며들기만 하고
엎질러지기만 하는
물이
다름 아닌, 세상의 기둥들이었다는 것

흔들흔들 흔들리는 기둥 하나 갖고 싶다 하늘 끝까지 솟아
오른 물기둥 한 개

－「꽃의 기둥」 부분

시집의 맨 처음에 배치된 위의 시에서 화자는 여름날 화단을 바라보며 시들었다가도 물을 뿌리면 금세 "빳빳한 목을 가누는 꽃"들을 보고 "식물의 기둥"이 본질적으로는 물줄기임을 발견한다. "흐르기만 하고/ 스며들기만 하고/ 엎질러지기만 하는/ 물"이 세상을 지탱하는 "기둥들"이었음을 확인한다. 우주의 대 생명력을 상징하는 물이 바로 "세상의 기둥들"이었음을 깨달은 화자

는 점점 시들어가는 자신의 몸에도 "시원한 물줄기"를 넣고 싶고, "하늘 끝까지 솟아오른 물줄기"를 갖고 싶어한다. 뭇 생명을 살리는 이 물이야말로 늘 그러한 일여一如의 세계요, 성인들이 깨달은 자비와 사랑의 상징이며 이 세상을 아름답게 꽃피울 보살이 걸어가야 할 길임을 암시한다.

> 잘 익은 보름 달빛 마당에
> 흘러내려 발그림자 적시는데
> 멀리서 들려오는 계곡물 소리
> 깊어지고 있구나
> 촘촘한 매화 향기
> 어디선가 바람 타고 흐르는데
> 텅 빈 산사의 낮은 풍경소리
> 아스라이 퍼져 가고 있구나
>
> ―「산사의 밤」 부분

  많은 심리학 실험에서 증명되었듯이, 인간은 공간의 영향을 짙게 받는다고 한다. 이른바 장(場, field)의 영향을 벗어날 수 없으므로 사람들은 사찰이나 교회, 성당 등을 짓게 되었고, 그러한 종교적 건축물들의 구조 자체가 인간의 정신이 고양되는 구조로 설계된다고 한다. 그러므로 그러한 종교적 시설 안에 들어가게 되면 공간이 주는 압도적인 분위기로 인해 마음이 정화되고 성화聖化된다. 위의 시에서 화자는 "고즈넉한 산사의 마당"에 서서 본래부터 선정에 들어있는 자연의 소리에 스며들면서 마음의 본래 자리를 회복하고 있다. 그래서 자연을 신神의 얼굴이라고도 하고 마음의 본지풍광本地風光이라고 하는 것이 아닐까? 화자는 1연에서 달빛과 계곡물 소리와 매화 향기, 풍경소리 등등 두두물물頭頭物物이 설법을 하고 있는 대화엄의 세계에 젖어 들며 희열을 느끼고 있다. 그런데 2연에서는 다시 사바세계에 두고 온 사람들의 소리와 삶의 세간들이 부딪치는 소리들을 "깊은 그리움"으로 회상하며 흘려보내고 있다. 이처럼 "산사"라는 공간은 그 공간의 특수성으로 인하여 잠시나마 세속적인 일상적 삶을 벗어나 자신의 본래면목을 생각하고 관조하는 안식과 휴식의 장소로서 자리한다. 그런데 안타깝게도 이러한 마음의 본지풍광을 벗어나 다시 세속으로 돌아오면 거기엔 다시 깨닫지 못한 중생들과 부대껴야 하는 사바의 삶이 기다리고 있고, 무상하기 그지없는 서글픈 세월이 바람처럼 다가온다.

3. 사바의 삶을 견디는 인욕보살의 길

깨달음의 세계를 의미하는 정토淨土에 대비되는 개념으로 중생들이 살고 있는 세계를 사바娑婆세계라 한다. '사바'란 산스크리트어 Saha에서 온 것으로, 이를 의역하여 감인토堪忍土·인토忍土라 한다. 탐貪·진瞋·치痴 삼독三毒의 번뇌를 겪어내야 하고, 오온五蘊으로 비롯되는 고통을 감내하고 살아야 하는 땅이란 의미로, 인내를 강요당하는 세간, 인내를 하지 않으면 안 되는 세계라는 의미라 한다. 그래서 불교에서는 사바세계에 사는 중생의 수행 방법으로 인욕忍辱을 말한다.

어디로 가야 할지 방황하는 바람 속
신열에 들뜬 해송 앓는 소리 속
팽팽한 무섬증 훅 끼쳐들어, 머리카락
곤두서 숨조차 막혀오는 생면부지의 작은 해안

－「작은 포구」 부분

　화자에게 사바세계란 "생면부지의 작은 해안"처럼 낯선 곳이
다. 그곳은 또한 "머리카락/ 곤두서 숨조차 막혀오는" 곳이며,
"팽팽한 무섬증 훅 끼쳐드는" 두려운 곳이기도 하다. 세계의 낯
섦과 두려움을 안고 살아가야 하는 그곳에서 사람들은 외줄타기
하는 "곡예사"와도 같다. 그들은 삶의 이상과 현실 사이에서 "어
릿광대"처럼 아슬아슬하게 살아간다.

줄타기 묘기에 어지럼증
도지는 곡예사
오늘도 하늘에 구멍 뚫고
밧줄을 끼운다

나이테 굵어질수록
가늘어지는 몸통
공중에 붙여놓은 주소 끌어안고
가슴에 품어보는 하늘이다

한쪽 눈 지그시 감아도 역시
허공에서 허공으로
뜀뛰기하는 발걸음 서늘하다

－「사람」 부분

위의 시에서 보듯이 사바에서의 삶이란 "공중에 붙여놓은 주소 끌어안고" 가슴에 하늘을 품고 사는 위태롭고도 허망한 것이다. 그 길은 "허공에서 허공으로/ 뜀뛰기하는" 서늘한 발걸음의 길이다. 또한 사바세계는 "높게 내뱉은 너의 언성에/ 짚불 타들듯 틀어쥔 나의 숨통"(「너에게」)을 움켜쥐고 살아야 하는 곳이다. 그곳은 또한 언어폭력이 난무하는 세계이다.

> 마구 으르렁대는 천둥 번개
> 질긴 아픔에 숨소리조차 내지 못하고
> 통째로 뽑혀 넘어질까 무서워
> 버텨보는 처절한 몸짓
> 산산조각 난 바람결 그나마
> 마른 가슴 찢어놓고
> 검은 밤 하얗게, 하얗게 물들인다
> 뜻 모를 웃음 흘리며 후려치는
> 한 무더기 말떼
> 등등한 기세에 납작 엎어져 흠칫한다
> 절대로 수그러들 기색 없고 쑥 뽑아낸
> 날선 눈빛 시퍼렇다
>
>   – 「말은 입을 통하는가」 부분

말은 위의 시에서처럼 "마구 으르렁대는 천둥번개"처럼 사람의 "마른 가슴"을 "찢어놓"을 수도 있는 무서운 것이다. 그것은 사람을 살릴 수도 있지만 죽일 수도 있는 흉포한 것이다. "삶과 죽음이 펄펄 뛰는 시장바닥"(「어시장 횟집」)과도 같은 삶의 현장에서 자식을 먹여 살리기 위해 밥 쟁반을 머리에 이고 "종종걸

음"치는 곳(「밥 쟁반 머리에 이고」)에서 살아가다 보면 더러 언어폭력을 비롯하여 갖은 수모를 다 당할 수 있다. "산 채로 죽어 낱낱이 해체된 인욕보살들"(「어시장 횟집」)처럼 살아가야 하는 곳이 이 사바세계의 삶인 것이다. 『유마경』의 말씀처럼 이 세상은 어쩌면 보살들이 흘린 피로서 지탱되고 있는 것인지도 모른다.

> 늦은 밤, 베란다를 서성이다
> 불빛에 흠칫 놀란다
> 누가 몰래 등불을 달아 놓았을까
> 가만히 몸 낮추고 들여다보니
> 화분 속 선인장, 안간힘 쓰며
> 진홍빛 등불 켜고 있다
> 어둠 속에 피어나는 한 줄기 불빛
> 일순, 세상이 환하다
> 길 잃지 말라며, 불빛
> 조용히 내 등 쓰다듬어준다
> 어두운 세상 너의 빛을 받은 나는
> 무슨 등불 내다 걸어야
> 다음 생에 너, 환히 비추어 줄까
>
> — 「선인장 등불」 전문

위의 시에서 화자는 늦은 밤에 베란다를 서성이다가 화분 속 선인장이 피워올린 등불과도 같은 "진홍빛" 꽃을 발견하고 감탄한다. 화자가 선인장의 꽃을 "등불"이라고 표현한 것은 그것이 "어둠 속에 피어나는 한 줄기 불빛"처럼 화자의 마음을 환히 밝혀주었기 때문이다. 그 순간, 화자에게는 온 세상이 환해진다.

그리고 그 불빛은 연기와 윤회의 기나긴 여정을 가야 하는 힘든 사바의 삶에서도 "길 잃지 말라"고 응원하며 "조용히 내 등을 쓰다듬어" 주는 따뜻한 위로로 다가온다. 이 시는 바로 "바람에 쓸리는 나무 물고기의 속울음 끌어안고"(「천일 관음기도」) 사바세계를 살아가야 하는 보살들에게 보내는 따뜻한 위로와 격려의 메시지로 다가온다.

4. 무상한 세월과 노년의 서정

삶이 우리에게 주는 고통의 근원은 모든 존재가 영속하지 않고 변한다는 사실에서 온다. 인간은 태어나는 순간 이미 죽음이 예고되어 있는 사형수인 것이다. 인연 따라 만나고 인연이 다하면 헤어지는 것은 비단 사람에게만 국한되어 있는 것은 아닐 것이다. 사물들 또한 마찬가지다. 언젠가는 떠나야 한다는 숙명 때문에 사람들은 애달파하고 매 순간을 아름답게 살다 가고자 한다. 빈손으로 왔다가 한 줌의 재로 사라지는 인생이란 느끼면 비극이요, 생각하면 희극이라고 누군가 말했듯이, 슬픔과 기쁨으로 점철되는 한 편의 극적인 드라마라 아니할 수 없다.

깊이를 알 수 없는 가슴 저 밑바닥
박동새 한 마리 살고 있다
둥둥 북을 치며 솟구쳐 오르는
설움 한 마리 살고 있다
삭히고 삭혀도 날개를 쳐대는 박동새

시도 때도 없이 심장
저 깊은 곳 쪼아대며 울고 있다
박동박동, 심장의 박동으로 울고 있다
눈시울이 젖어드는 것은
박동새 때문이다
핏줄 벌겋게 달아오르는 것은
박동새 때문이다
옛날로 달음박질치는 것은
박동새 때문이다
툭툭 인연의 줄 끊어지는 소리
살래살래 도리질을 하며 박동새는
귀가 먼 박동새
깃털 다 뽑힌 지도 모르고
아직도 날개 퍼덕이며 울고 있다

- 「박동새」 전문

위의 시에서 화자는 "가슴 저 밑바닥"에 "설움 한 마리"가 살고 있다고 말한다. 이 설움의 정체는 무엇일까? 그것의 다른 이름은 "박동새"다. 이 박동새가 화자의 "심장 저 깊은 곳 쪼아대며 울고 있다"고 말한다. 그런데 그 새는 심장의 박동으로 울고 있어 "박동새"이고, 이 새 때문에 "핏줄이 벌겋게 달아오르고" "눈시울이 젖어"든다고 한다. 그렇다면 이 새는 화자의 마음 자체, 혹은 화자의 삶 자체라 할 수 있는데, 이 새가 "옛날로 달음박질"친다 함은 화자가 이미 노년에 접어들었다는 사실을 방증한다. 나이가 들면 자꾸만 과거를 회상하게 되고 회감回感의 정서를 갖게 되기 때문이다. 돌이켜 보니 오래전부터 알았던 사람들이 하나 둘 이승을 떠나거나 소식이 묘연해진다. "툭툭 인연의 줄 끊어지는 소리"만 들린다. 귀가 멀고 깃털마저 뽑힌 채로 "아 직도 날개 퍼덕이며 울고 있"는 박동새는 삶의 무상함과 아쉬움 이 불러일으키는 화자의 미련과 안타까움의 정서를 대변하고 있 다. 늙는다는 것은 신체 변화와 함께 찾아온다. 젊은 날 뜨겁게 솟구치던 피가 조금씩 식어가고 오래 사용했던 몸도 하나 둘 고 장이 난다.

나이 탓이 아닐 게다
설렘이 달아나 버린 탓일 게다

모든 것이
변하고 변한 탓일 게다

수없이 많은 날들
웃으며 울었던 탓일 게다

자꾸만 어설퍼지는 밤
그래도 창문 열고 들어오는 달빛
파르르 떨다 간다

눈물 같은 강물 위로
보석처럼 반짝이는 한 다발 추억도
우르르 떨다 간다

돌탑처럼 쌓여 가는
조용한 경륜
아직은 세상 일깨우고 있거늘!

―「늙는다는 것」 전문

119

위의 시에서 보듯이 나이 든다는 것은 모든 것이 변하여 "설렘"도 달아나고 울고 웃던 감정도 차분해지는 과정이다. 그리고 뭔가 "자꾸만 어설퍼"진다. 그러나 추억도 눈물도 다 흘려보내고 나면 "조용한 경륜"이 "돌탑"처럼 쌓인다. 이것이 노년의 축복이다. 물론 이러한 축복이 모든 사람에게 주어지지는 않는다. 인생의 과정을 열심히 잘 살아온 사람에게 주어지는 자아통합의 결과일 뿐이다. 성공적인 노화로 긍정적인 자아통합에 도달한 사람은 죽음도 조용히 맞이하게 된다. 죽음이란 무엇일까?

> 초점 없는 눈망울
> 정수리에 꽂힌 한 세상
> 모두 다 놓고 놓아둔 채
> 홀로 그냥 돌아보지도
> 결코 돌아보지도 않고
> 싸늘하게 싸늘하게 그는 식어갔다
>
> —「삼거리」 부분

위의 시는 임종 시의 풍경을 생생하게 보여준다. 죽는다는 것은, 이승과의 인연이 다하여 그야말로 "모두 다 놓고 놓아둔 채" 떠나는 일이다. 신체적으로 살아있다는 것은 체온이 남아 있다는 것으로 증명된다. 죽음이 오면 체온이 "싸늘하게" 식어간다. "겨울이 추운 이유는/ 봄과 여름의 온도들이 다 떠났기 때문"(「계절 온도계」)이듯이, 이별과 떠남과 죽음을 대하는 우리의 마음은 추울 수밖에 없다. 이러한 불가피한 상황에 대처하는 화자의 마음가짐은 어떠할까?

이제는 하늘로 날려 보내야지
큰 댐이 지나가니까

혼자만 외롭지 말아야지
모두들 외로우니까

처음부터 가진 것 없듯이
세상에 나의 것 없지

울지 말고 눈감아야지
태어나는 순간
죽어가는 것이니까

화려했던 지난날들도
한 줌 재로 남아
둥근 집 속에 들어가 버리지

나의 인연 조각도
둥근 집 속으로 들어가 버리고

-「둥근 집」 전문

위의 시에서 화자는 "이제는 하늘로 날려 보내야지"하고 체념
과 달관의 어조를 취한다. 그리고 모두들 외로우니까 혼자만 외
롭지 않겠다고도 말한다. 빈 손으로 왔다가 빈 손으로 가는 것이
인생이니만치 화자는 더 이상 "울지 말고 눈감아야지"라고 말하
며 현실을 있는 그대로 받아들인다. 위의 시에서 "둥근 집"은 무
덤을 가리킨다. 이승과의 인연이 다하면 "화려했던 지난날들"

도, "인연 조각들"도 흔적만 남긴 채 흩어져서 무덤 속으로 들어가는 것이다.

5. 감각적 묘사와 유기적인 변용

김기리 시인은 동시집을 두 권이나 낸 시인답게 밝고 순수한 감성을 바탕으로 사물과 풍경을 묘사한다. 삼라만상이 서로 어우러지는 화엄 세계의 풍경을 그리고 있는 다음의 시를 보자.

닫혔던 하늘 땅 문 열리는 소리
쏟아지는 햇빛 따라
연둣빛 두루마리 풀어놓기에 바쁜 산,
아지랑이는 도란거리며
빈 들녘 깨우기에 바쁘다
꽃망울들 잠 깨우느라
넘나드는 바람, 숨이 차다
까만 연미복 차려입고
긴 꽁지 아래위로 움직이며
목청 돋구는 작은 새 소리에
신명난 노랑나비
앞뜰의 동백꽃 빙빙 돌며 기웃거린다
나른한 햇살 덮고
길게 졸던 얼룩무늬 고양이
무엇에 놀랐는지 후다닥, 튀어오른다

천지간 들썩들썩하는 사이
서산에 걸터앉은 노을
꽃단장하기에 바쁘다
하나의 완벽한 하모니를 이루는
저들은 본래 하나였으리

- 「봄날 1」 전문

위의 시를 보면 첫 3행은 밝은 햇빛 아래 신록이 돋아나는 봄
날의 풍경을 생생하게 감각적으로 묘사한다. 이어서 "아지랑이
는 도란거리며" 빈 들녘을 깨우고, "꽃망울들 잠 깨우느라 넘나
드는" 바람은 숨이 차다고 하여 사물과 자연이 상호 조응하는 풍
경을 원숙하게 그려낸다. "목청 돋구는 작은 새 소리"에 노랑나
비는 신명이 나서 "앞뜰의 동백꽃 빙빙 돌며 기웃거린다"고 함
으로써 사물들이 유기적으로 연결되고 있다. 이 시의 절정은 나
른한 봄 햇살에 졸던 고양이가 후다닥 튀어오르며 "천지간 들썩
들썩하는 사이"에 "서산에 걸터앉은 노을"이 붉어져 가는 모습
을 그리는 마지막 부분이다. 이러한 시적 묘사능력은 하루 이틀
에 이루어진 것은 아닐 터이다. 오랜 기간의 습작과 공력으로만
가능한 이러한 시적 묘사가 시를 읽는 재미를 더해준다.

황혼녘에 자전거 타고 강둑길을 달리면
내 몸의 세포들 모두 일어나
어디론가 튀어 달아나는 듯
싸늘한 떨림 내 몸에 번져온다
떨림의 음률로만 시를 쓰는
너의 이름은 귀여운 은사시

떨림, 떨림이 산에도 길에도 강물에도
하늘땅에도 가득하다
황혼에 자전거를 타고 강둑길을 달리면
　　　　　　　　　　　　　－「강둑길을 달리면」 부분

　위의 시 역시 화자가 해 질 무렵에 자전거를 타고 강둑길을 달
린 경험을 감각적으로 보여준다. "내 몸의 세포들 모두 일어나"
"떨림"으로 번져오는 몸의 느낌을 잘 전달한다. "떨림의 음률로
만 시를 쓰는/ 너의 이름은 귀여운 은사시"라고 하는 구절에서
는 흐르는 소리가 주는 청각적 즐거움이 가득하다. 이 시집의 표
제시인 다음의 시에서는 언어의 시적 변용이 두드러진다.

차면 기운다는 속설 속에서
온달을 쪼개어 반달로 만든 지혜가 반달 떡이다
활활 타오르는 화덕 위에서 이리 뒤집어보고 저리 뒤집어보고
앞면이 익으면 뒷면이 미심쩍어 또 뒤집어보고
그러기를 반복한 세월이 노릇하게 익어가고 있었다

봄밤, 이리저리 뒤척이는 꽃가지 사이
구름 고명 묻은 반달이 노릇하게 구워지고 있다
　　　　　　　　　　　　　－「달을 굽다」 부분

　위의 시에서 화자는 젊은 시절 시할머니의 명으로 만든 반달
모양의 떡에 얽힌 추억을 소환하여 삶의 세목과 그 속에 깃든 의
미를 유추해내고 있다. 반달 떡은 "온달을 쪼개어 반달로 만든
지혜"에서 나왔음을 밝힌 다음, 화자는 "앞면이 익으면 뒷면이
미심쩍어 또 뒤집어보는" 세월의 반복 속에서 삶이 "노릇하게"

성숙해 왔음을 회고하고 있다. 그것이 마지막 연에서 잠 못 들고 "이리저리 뒤척이는 꽃가지 사이"의 봄밤에 뜬 "구름 고명 묻은 반달"이 노릇하게 구워지는 과정 속에서 삶의 성숙을 조용히 회상하고 있다.

김기리의 시는 순수한 감성을 바탕으로 노년에 접어든 성숙한 시선에 비친 자연과 사물의 현상을 관조하며 거기서 삶의 의미를 성찰하고 있다. 참된 마음의 주소를 찾아가는 구도의 열정을 보여줌과 동시에 무명으로 가득한 사바세계에서 살아가는 일의 힘겨움을 함께 보여주고 있다. 또한 무상한 세월 속에서 노화를 경험하며 회감의 정서에 접어들기도 한다. 삶의 깊은 고뇌와 번민을 승화시켜 세련된 언어로 보여줄 노년시학의 만개를 기대한다.

불교문예시인선 • 040

달을 굽다

©김기리, 2021, Printed in Seoul, Korea

초판 1쇄 인쇄 | 2021년 11월 05일
초판 1쇄 발행 | 2021년 10월 20일

지은이 | 김기리
펴낸이 | 문병구
편집인 | 이석정
편 집 | 구름나무
디자인 | 쏠트라인saltline
펴낸곳 | 불교문예출판부

등록번호 | 제312-2005-000016호(2005년 6월 27일)
주   소 | 03656 서울시 서대문구 가좌로2길 50
전화번호 | 02) 308-9520
전자우편 | bulmoonye@hanmail.net

ISBN : 978-89-97276-54-7 (03810)
값 : 10,000원

이 책은 ꙮ광주광역시 ꙮ광주문화재단 의 2021년 지역문화예술특성화지원사업으로 지원받아 발간되었습니다.

불교문예시인선